그리고 그녀의 눈 속엔 아무것도 보이지 않아요~ 어떠한 사랑의 신호도~[1]

드르르르르르르~

그녀는 일어나서 화장을 해요~ 그녀는 서두르지 않아요~[2]

제 이름은 마갈리.

만 열한 살이죠.

그리고 비틀즈를 사랑합니다.

1) 2) 비틀즈의 노래 〈For no one〉 가사 일부.

# 어디에도 없는 소녀

마갈리 르 위슈 글·그림   윤민정 옮김

주니어 RHK

| 일러두기 |

- 프랑스에서는 9월 3학기제를 채택하고 있다. 새 학년은 9월에 시작해 6월에 종료되며, 총 3학기를 지낸다.
- 프랑스의 중학교 과정은 총 4개의 학년으로 구분되어 있다. 1학년은 만 11세에서 만 12세, 2학년은 만 12세에서 만 13세, 3학년은 만 13세에서 만 14세, 4학년은 만 14세에서 만 15세에 해당한다.
- 작품 안에서 중요하게 등장하는 '비틀즈'는 1962년부터 1970년까지 활동했던 영국의 록 밴드이다. '대중문화의 전환점', '대중문화의 아이콘'이라 일컬어지며 전 세계에서 가장 영향력 있는 위대한 밴드로 평가받고 있다. 역사상 가장 많은 음반을 판매한 가수이기도 하다.
- 관용적으로 굳어져 널리 사용되는 외래어는 그대로 표기했다.

여름 방학 내내 중학생이 되는 첫날을 상상했어요.  여름을 보내고 나면 멋지고 여유로운 청소년으로 변신할 거라고 생각했죠.

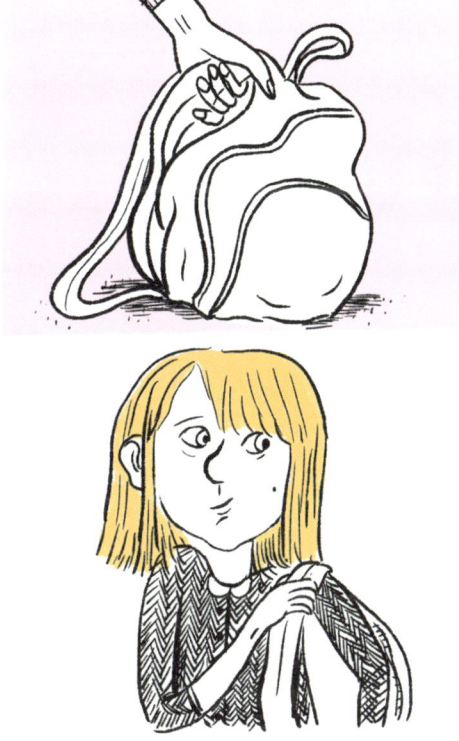

언니는 마시옹 중학교를 졸업하고 몽테뉴 고등학교에 입학했어요.

언니랑 같은 학교에 다녔으면 좋았을 텐데.

4) 프랑스의 정치인, 법조인.

저는 선생님들께 예쁨받고 싶었어요. 그 마음은 '미움받는 학생'이 될지도 모른다는 두려움도 안겨 주었습니다.

초등학교 때도 선생님의 애제자가 되려고 서로 경쟁하곤 했었죠.

하지만 모범생들은 넘쳐 났고 저는 그 안에 들지 못했어요.

제 노트들은 깔끔하지 않은 데다가 성적도 그저 그랬거든요.

5) 영화 〈더티 댄싱〉 OST 중 〈The time of my life〉 가사 일부.
6) 미국의 영화배우. 영화 〈더티 댄싱〉의 남자 주인공 '조니 캐슬'을 연기했다.
7) 프랑스의 영화배우이자 가수.

8) 1980년대 프랑스와 벨기에에서 인기를 누렸던 가수이자 배우.
9) 리오의 노래 〈Fallait pas commencer〉 가사 일부.

모범생이 된 저를 선생님들이 좋아해 줄 거라 믿어 의심치 않았거든요.

10) 미국의 드라마 시리즈. 비밀 임무를 수행하는 첩보원 맥가이버의 활약상을 그렸다.
11) 미국의 시트콤 시리즈. 더 좋은 환경에서 딸을 키우기 위해 가정부로 일하는 전직 야구 선수의 이야기를 그렸다.

부모님은 '회복 슈퍼히어로'였어요. 우울증, 말더듬증, 난독증, 철자습득장애, 정신분열증, 자기도취증, 히스테리, 신경쇠약과 같은 아픔을 지닌 사람들, 대화가 필요한 모든 사람들에게 도움을 주었습니다.

한마디로, 두 분은 모두에게 꼭 필요한 존재였어요.

시간이 지날수록 집을 나서는 것이 더욱더 어려워졌어요.

그때 저는 마치 자신의 영역을 찾는 동물 같았습니다.

절 안심시켜 줄 냄새를 찾아다녔거든요.

매일 아침마다 다시는 돌아오지 못할 것 같은 느낌을 안고 집을 나섰습니다.

…… 집에 제 어린 시절을 두고 왔다는 느낌도 함께요.

그렇게 9월이 지났습니다….

학고를 향한 불안감이 걷잡을 수 없이 자라고 있었죠.

잘 가, 마글마글!

생각해 보면, 저는 늘 누군가를 '덕질' 했어요.

유치원생 땐 아빠의 광팬이었죠. 모두 그랬던 것처럼요.

그러나 곧 아빠는 '덕질 금지 대상'이라는 걸 깨달았어요. 다른 대상을 찾아야 했죠.

저는 산타와 아빠에게서 대머리, 긴 수염, 그리고 아주 친절하다는 공통점을 발견했습니다.

그러던 어느 날….

"엄마, 사실대로 말해 주세요. 산타는 있나요?"

"그래, 좋아. 마갈리, 사실은 말이야. 산타는 존재하지 않는단다."

아니야! 그럴 리 없어! 거짓말이야! 이럴 수가! 난 산타 할아버지 사랑했는데….

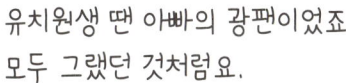

너무나 끔찍했어요.

"됐어. 난 이제 예수님 사랑할 거야!"

예수님…. 나의 첫사랑….

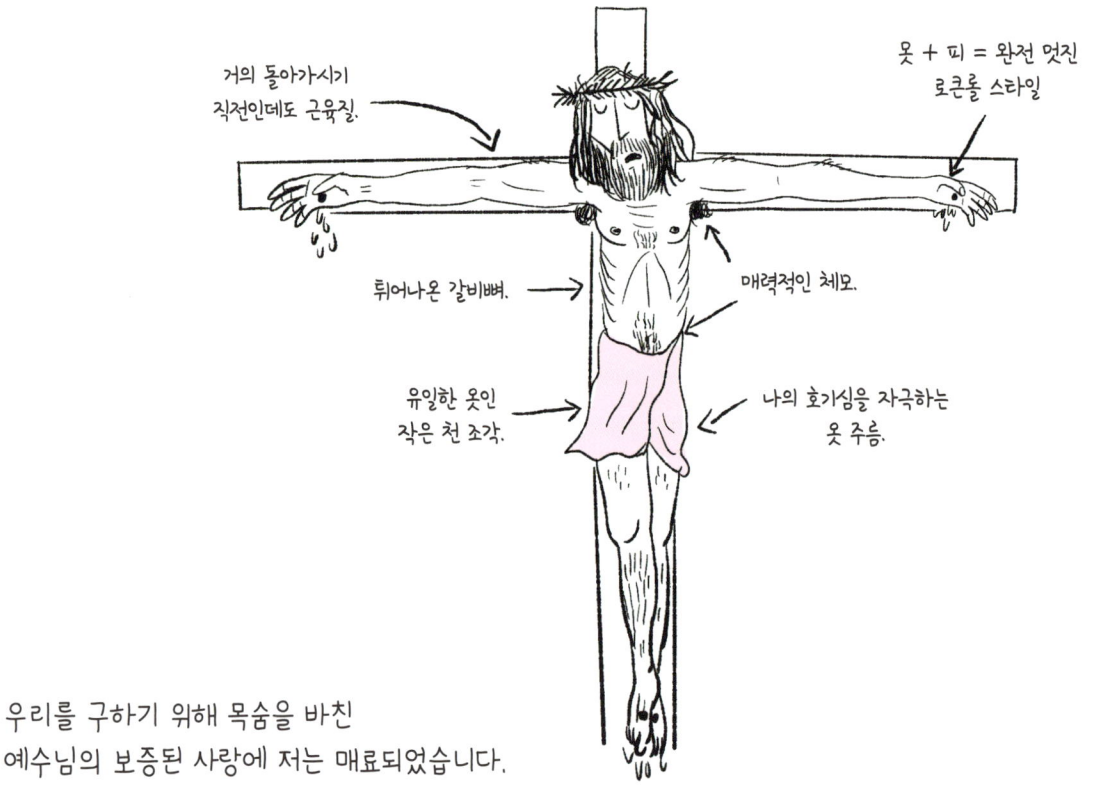

우리를 구하기 위해 목숨을 바친
예수님의 보증된 사랑에 저는 매료되었습니다.

완전히 사로잡혔죠.

혼자 예배 놀이를 하곤 했어요.

예수님과의 사랑은
4년 동안 계속되었습니다.

그 후엔 배우 크리스토프 랑베르[12]에게
마음을 빼앗겨 버렸어요.

그다음은 맥가이버였고요.

장마르크 바[13]도 있었어요.

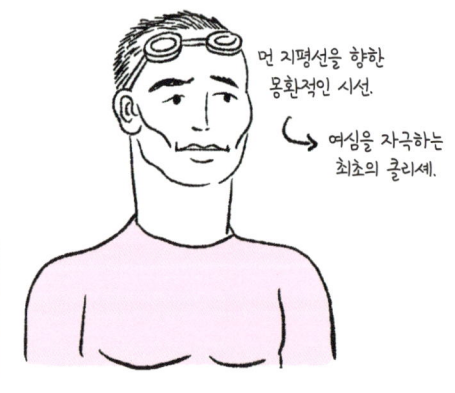

12) 프랑스의 배우.
13) 프랑스의 배우이자 영화감독.

리처드 딘 앤더슨[14]과 함께 결혼해서 멋진 아파트에 사는 꿈을 꾼 적도 있었고(맥가이버 배우, 돈을 잘 벎.)

프랑시스 라란[15]과 짧은 밀회를 즐기기도 했어요. (그가 영화 〈파사주〉의 OST를 불렀거든요.)

사랑해요.

오, 마이 러브! 당신과 푸랑스에서 살게 된 이후로 라이프가 아주 뷰우티풀 해요.

사랑이 큰 컴퓨터에 우릴 프로그래밍 한다면….[16]

허벅지까지 오는 부츠 보고 곧 홀딱 깸.

당신은 나의 구원자. 저주를 깨뜨릴 테니….[17]

내가 당신을 사랑하듯 날 생각하오. 아무것도 우릴 갈라놓을 수 없어.[18]

또 몇 달 동안은 로버트 숀 레너드[19]에 흠뻑 빠져 있었어요. 아주 강렬한 감정이었죠.

날 가져요.

부모님이 비디오 플레이어를 사 주신 날, 제 삶은 바뀌었습니다.

오, 캡틴. 나의 캡틴.

오, 캡틴. 나의 캡틴.

연약하고 보호 본능을 일으키는 눈빛 = ♥

나를 미치게 만든 뮤직비디오.

꿈에 그리던 것.

노르웨이 밴드 아하의 리드 보컬 모르텐 하르케도 좋아했고요.

제가 원하는 만큼 〈그랑 블루〉[20]를 보고 또 볼 수 있게 되었어요.

장마르크 바에게 저는 많은 것을 배웠답니다.

아, 너무 아름답다….

(나를 울게 한 에리크 세라[21]의 음악.)

장마르크!

마갈리! 상 차리는 것 좀 도와줄래?

14) 미국의 배우. 드라마 시리즈 〈맥가이버〉에서 주인공 '맥가이버'를 연기했다.
15) 프랑스의 싱어송라이터.
16) 17) 18) 프랑시스 라란의 노래 〈On se retrouvera〉 가사 일부. 영화 〈파사주〉의 OST이기도 하다.
19) 미국의 배우. 영화 〈죽은 시인의 사회〉에서 '닐 페리'를 연기했다.
20) 프랑스의 영화. 뤽 베송 감독이 연출했다.
21) 프랑스의 작곡가이자 영화 음악 감독.

내 손으로 시간을 거슬러 올라가게 할 수도, 빨리 지나가게 할 수도 있는 이 기계에 저는 중독되어 버렸어요.

사용법을 모르셨던 부모님 대신 언니가 녹화 담당이 되었습니다. 처음에 언니는 모든 심야 영화를 녹화했어요.

〈우리에게 내일은 없다〉[23]도 그때 보게 되었죠. 다 합하면 열 번은 봤을걸요.

〈작은 거인〉[24]도 열 번 정도 봤는데, 두 번은 느린 속도로 봤어요. (며칠이 걸렸죠.)

저는 티브이 앞에서 많은 시간을 보냈습니다.

부모님이 집에 오셔서 티브이를 꺼야 할 때면 마치 금단 증상이 생기는 것 같았어요.

22) 미국의 영화. 음악가 모차르트와 살리에리의 삶을 그렸다.
23) 미국의 영화. 1930년대 연쇄 강도 및 살인 범죄를 저질렀던 보니 파커와 클라이드 배로 이야기를 그렸다.
24) 미국의 영화. 샤이엔족 인디언이었던 주인공의 파란만장한 일대기를 그렸다.

언니가 듣는 마돈나나 마이클 잭슨의 음악들도 좋아했어요. 매일매일 듣고 싶었지만, 언니 허락이 있어야 했죠.

그때 저는 네 개의 카세트테이프를 매일 돌려 가며 들었어요.

음악 들으면서 춤추는 것도 좋아했고요.

부모님 방에서 레코드를 틀면 거실에서도 노래를 들을 수 있었어요.

티브이를 보지 않을 땐 변장 놀이를 하면서 시간을 보냈습니다. 그때 저는 누구든지 될 수 있었고, 모든 걸 다 할 수 있었죠.

25) 미국의 가수 마돈나의 노래 〈Like a virgin〉 가사 일부.
26) 독일의 가수 네나의 노래 〈99 Luftballons〉 가사 일부.
27) 미국의 드라마 시리즈. 19세기 말 미국의 서부 개척 시대를 살아간 가족의 이야기를 그렸다.

하지만 중학생이 되자 모든 게 복잡해졌습니다. 순조롭지 않았죠. 더는 예전처럼 놀지 못했어요.
걱정이 너무 많았거든요.

작은 마법의 다이아몬드여, 나에게 문법 노트를 싹 외울 수 있는 힘을 주세요.

우등생이 될 수만 있다면 무엇이든 할 준비가 되어 있었습니다.

머릿속에 들어갈 수 있도록 베개 밑에 노트 깔고 자기.
(사전으로 해 봤을 땐 실패.)

저는 금세 지쳐 버렸어요. 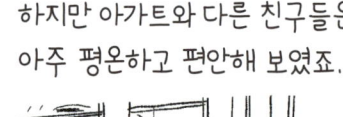 하지만 아가트와 다른 친구들은 아주 평온하고 편안해 보였죠.

저는 저만의 '마법 생각 시스템'을 만들었고,

나쁜 기운을 떨쳐 내기 위해 손을 주기적으로 흔들었어요.

혹시 누군가를 만지게 되면, 제게 올지도 모르는 나쁜 기운을 돌려주기 위해 다시 만져야 했습니다. 반드시요.

그러지 않으면 저한테 굉장히 나쁜 일이 생길 거라고 믿었거든요.

모든 것이 '문제'가 되었어요.    사느냐…    죽느냐의 문제요.

여느 때처럼 놀거리를 찾던 어느 일요일 오후, 언니가 새로운 앨범을 틀었어요.

부모님 방 스피커에서 언니가 튼 노래가 나오는 중.

그러고 나서 음악이 멈췄습니다.

만성절[28] 방학 기간 내내 부모님이 유일하게 가지고 계셨던 비틀즈 앨범인 〈위드 더 비틀즈〉[29]와 〈서전트 페퍼스 론리 하츠 클럽 밴드〉[30]를 들었습니다.

1963년과 1967년이 제가 살고 있는 1990년보다 훨씬 좋아 보였어요.

마갈리, 시간 됐다!

마갈리! 어서 학교 가야지! 빨리 음악 꺼라!

안 갈래.
갈 수 없어요.
배 아파요.

28) 하늘에 있는 모든 성인(聖人)을 찬미하는 축일. 양력 11월 1일.
29) 1963년 발매된 비틀즈의 두 번째 정규 앨범.
30) 1967년 발매된 비틀즈의 여덟 번째 정규 앨범.

11월.

첫째 주.
만성절 방학 후 다시 학교로.

둘째 주.

셋째 주.

넷째 주.

31) 32) 33) 비틀즈의 노래 〈Little child〉 가사 일부.

이번에는 누가 봐도 상황이 좋지 않았어요.

학교에 가지 않으려면 크리스마스 방학 동안 무슨 짓이든 해야 했어요.

1월 개학 무렵에도 제 상태는 그대로였어요. 절 낫게 하기 위한 부모님의 노력이 본격적으로 시작되었습니다.

2단계 성공 : 부모님은 한 상담 선생님에게 저를 데려갔어요. 그곳에서 마침내 제 병명을 알게 되었죠.

그렇게 저는 '학교공포증'이라는 병을 앓게 되었습니다. 심각하고 무서운 병이었죠.

3단계 성공 : 저는 학교에 가지 않고 집에만 있을 수 있게 되었어요.

처음엔 아가트가 학교에서 배운 것들을 가져다주었어요.
하지만 가끔은 아가트를 피하기도 했습니다.

마치 아가트를 배신한 것 같은 느낌이 들었거든요.
그래서 아가트가 절 원망할까 봐 두려웠고요.

저는 곧 새 학교를 다니게 되었습니다.

우편으로 수업할 교재를 받았죠.

홈스쿨링을 하기로 했거든요.

하지만 친구들에게 말도 없이 떠나고 싶지 않았어요.

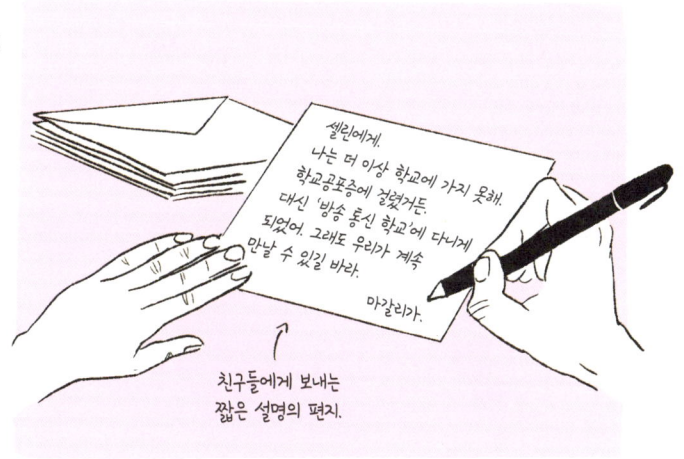

월요일 아침마다 샌드라 선생님께서
수업 복습을 해 주시러 오셨어요.

선생님과 함께 공부도 열심히 하고
웃기도 많이 웃었습니다.

평소에는 혼자서 공부했어요. 아주 계획적으로요.

매주 화요일에는 상담을 받았어요.
제 병명을 알려 주신 그 상담 선생님께요.

34) 프랑스 파리에 위치한 예술 학교.

저는 상담 선생님과 만나는 것이 좋았어요.
그리고 싶은 걸 마음껏 그릴 수 있었으니까요.

선생님께 많은 이야기를 했습니다.

비틀즈 얘기만 빼고요. 좀 부끄러웠거든요.

그렇게 진지하게 좋아하는 것도 아니었고,
거대한 '사건' 같은 것도 아니었으니까요.

그리고 또, 제가 나아진 것처럼 보일 필요도 없었고요.

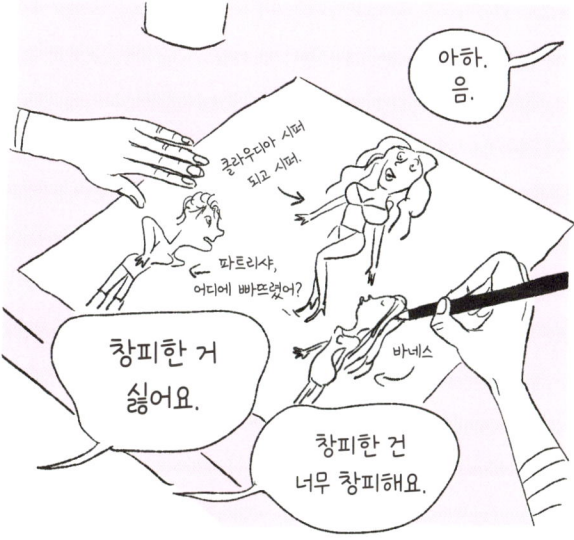

35) 36) 비틀즈의 노래 〈Drive my car〉 가사 일부.

37) 프랑스의 가수이자 배우. '프랑스의 마지막 아이돌'이라 불렸다.

비틀즈와 저 사이의 모든 것이 깊어졌어요. 제 열정에는 한도가 없었죠.
비틀즈는 제 일상에 없어서는 안 되는, 집착과 애착의 대상이 되었습니다.

비틀즈에 대한 모든 것을 알고 싶었어요.

⟨어 하드 데이스 나이트⟩38) 비디오테이프.

⟨이매진⟩39) 비디오테이프.

비틀즈의 역사에 관한 두꺼운 책.

비틀즈 앨범과 노래에 대한 이야기를 담은 책. 폴 매카트니의 엉덩이가 나온 사진 때문에 매우 당황함. 결국 사진은 잘라 냈음.

존 레논이 쓴 책 ⟨이매진⟩. 비디오랑 잠옷도 가지고 있음.

비틀즈 노래 악보와 가사가 실린 책.

노래를 들으며 멤버들의 목소리를 알아듣는 연습을 했습니다. 이 집중 훈련은 퍽 재미있었죠.

링고!
크고, 비음이 섞인 멋진 목소리.

폴!
예상치 못한 거친 숨결과 조용하고 부드러운 음색.

존!
반항적인 숨결이 느껴지는 날카로운 콧소리.

조지!
존과 비슷하지만 조금 더 차분하고 절제된 목소리.

38) 1964년 발매된 비틀즈의 세 번째 정규 앨범.
39) 1971년 발매된 비틀즈 멤버 존 레논의 두 번째 솔로 앨범.

44) 1968년 발매된 비틀즈의 싱글.
45) 1966년 발매된 비틀즈의 싱글.
46) 비틀즈의 여덟 번째 정규 앨범 〈서전트 페퍼스 론리 하츠 클럽 밴드〉에 등장하는 가상의 밴드.

비틀즈 노래에 담긴 죽음과 부활의 이야기는 제 마음을 사로잡았습니다. 그 이유를 정확하게 이해하지 못했는데도요. 내 일부가 죽어 가는 느낌이 들었던 그때, 새로운 애착 인형이 생긴 것처럼 저는 비틀즈를 꼭 끌어안았습니다.

그 기묘한 유쾌함 속에서 행복했어요. 서로를 떠나지 않을 거라고 믿었고요.

1962년부터 1969년까지 원하는 대로 여행할 수 있었고, 무엇보다 1991년 현실에서 벗어날 수 있었어요.

47) 1966년 발매된 비틀즈의 일곱 번째 정규 앨범 〈Revolver〉의 수록곡.
48) 패트릭 브루엘의 노래 〈Casser la voix〉 가사 일부.

비틀즈를 세상에 알리는
중대한 미션을 수행했습니다.

사람들이 비틀즈를 결코 잊지 않게 하는 일이기도 했고요.

저에게는 다 계획이 있었어요.

굉장히 확고했었죠.

그렇게 세상을 바꿀 수 있을 거라고 생각했습니다.

50) 비틀즈의 노래 〈Get back〉 가사 일부.

그럴 때면 비틀즈를 변호하는 방패로 변신했죠. 가끔 급발진할 때도 있었어요.
마치 제 인생이 달려 있는 것처럼요.

"걔넨 좀 감상적이지 않니?"

"사랑이 어쩌고저쩌고, 예예, 트럼펫 뿌뿌, 바이올린 찌링찌링. 늘 똑같던데."

"네에에? 감상적이라고요? 비틀즈가요?"

"늘 똑같다고요?"

"농담이시죠? 비틀즈에 대해 뭘 알고 계세요? 최고의 곡은요? <예스터데이>53)? <헬로, 굿바이>54)? 아시는 노래는 그게 다죠?"

"정말 아무것도 모르시는 거예요. 비틀즈의 모든 앨범은 각각 완전히 달라요! 기승전결이 완벽하다고요. '최고의 곡'이라고 말한 건 잊어 주세요."

"비틀즈 노래는 다 최고니까."

"그렇게 말씀하시면 안 돼요. 비틀즈는 1968년에 하드 록 장르를 만들었다고요. <헬터 스켈터>52) 아세요오? 들어는 보셨어요오오? 하, 네. 모르시겠죠."

"1960년에 비틀즈는 불량 청년들이었어요. 마약도 했었다고요!"

← 마약하는 남자 = 나쁜 남자

"이렇게 단시간에 이만큼 다양한 스타일을 선보인 가수가 어디 있나요? 방대한 호기심, 혹독한 작업, 빛나는 독창성…. 이 모든 걸 불과 서른 살도 안 된 그들이 보여 줬다고요!"

"삼촌은 뭐 하셨어요, 서른 살에?"

"팝, 하드 록, 펑크, 스카, 랩, 전자 음악, 콘셉트 뮤직, 아방가르드 뮤직, 포크…. 비틀즈는 모든 음악 장르를 섭렵했어요."

"비틀즈가 감상적이라니? 허, 참나! 1965년에 미국 청교도 신자들이 비틀즈 앨범을 몽땅 다 태웠었는데, 무슨 소리세요!"

"모두가 비틀즈를 흉내 내지만, 그 사람들은 히트 곡이나 트럼펫, 바이올린 빼곤 아무것도 모르죠."

비틀즈는 제 분노와 절망의 원인이기도 했습니다.

"그러니까 한마디로"

"비틀즈는…"

"바로…"

저는 제 말이 충분히 설득력 있으며…

52) 1968년 발매된 비틀즈의 아홉 번째 정규 앨범 〈The Beatles〉의 수록곡.
53) 1965년 발매된 비틀즈의 다섯 번째 정규 앨범 〈Help!〉의 수록곡.
54) 1967년 발매된 비틀즈의 미국판 컴필레이션 앨범 〈Magical Mystery Tour〉의 수록곡.

비틀즈는 이 세상의 지배자예요!!!!

절제되고 객관적인 줄 알았어요.

제가 가장 무서웠던 건 비틀즈가 사람들에게 잊히는 것이었습니다.

얘들아! 비틀즈가 음반 순위 톱 50에서 1위 했어!

전에 아빠가 들려줬는데, 사실 비틀즈는 늙은이들이나 듣는 거 아니냐?

별로던데.

← 대충격!

뭐? 세상에. 너 정말 아무것도 모르는구나? 그렇게 말하니까 너 멍청한 거 다 티 나. 너희 아빠가 너한테 무슨 노랠 들려주셨는지 모르겠지만, 한 곡만으로 비틀즈가 별로라고 말하는 건 멍청한 거야!

가자, 얘들아. 쟤 비틀즈 얘기 너무 짜증 나.

맞아. 쟤 좀 심해.

난 건스 앤 로지스[55]가 더 좋던데.

중학교 1학년의 끝이 다가오고 있었고, 저는 완전히 저만의 세계에 틀어박혀 버렸어요.

안녕, 나는 떠날 거야.

---

55) 미국의 하드 록 밴드.

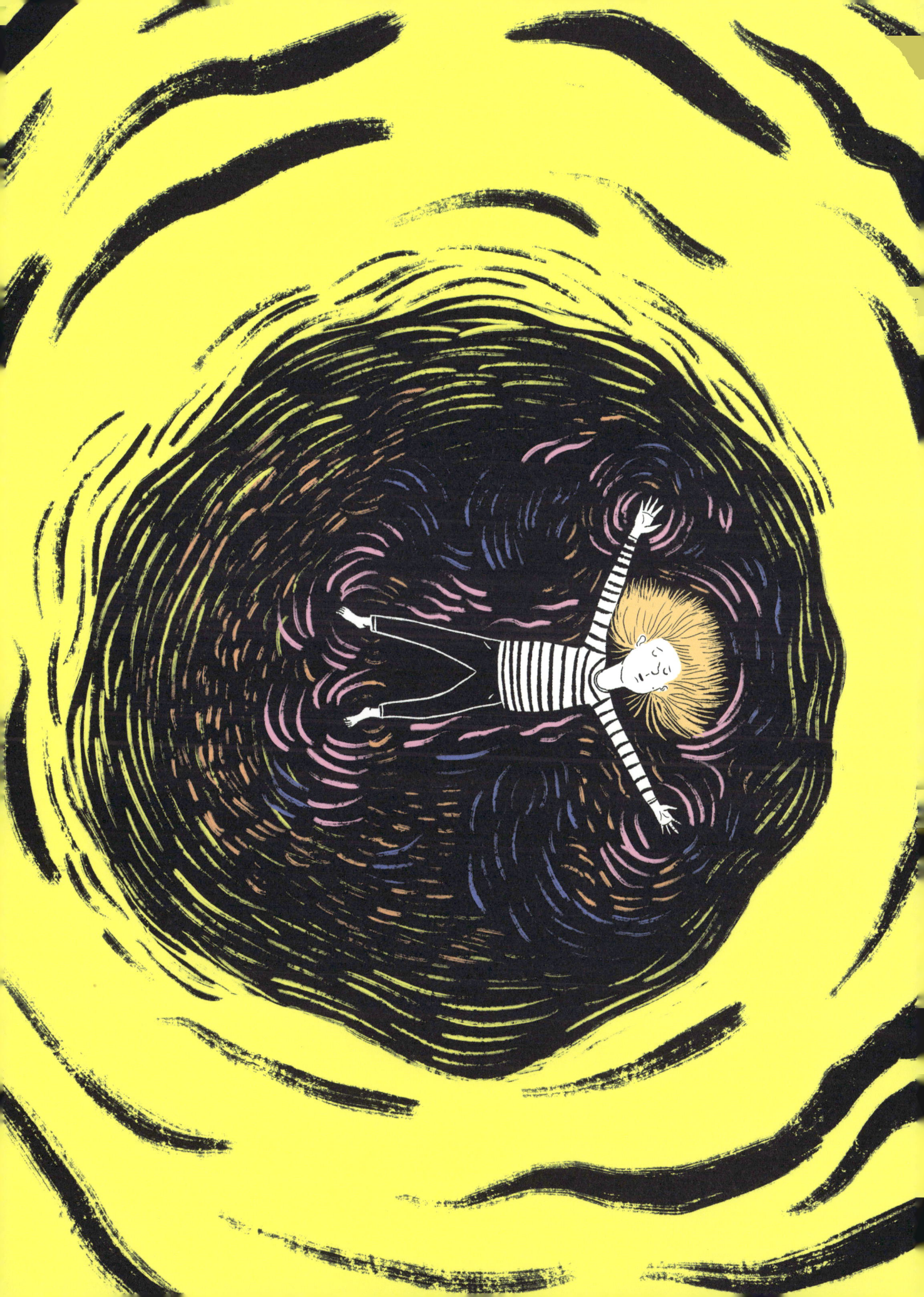

중학교 2학년이 돼서는 제 방에서 혼자 조용하게 보내는 시간이 더 많아졌습니다.

그리고 비틀즈와의 공통점을 최대한 찾아, 저만의 '비틀즈 가계도'를 만드는 데 열중했죠.

56) 오노 요코. 존 레논의 아내. 설치 미술가이자 행위 예술가.

친구들은 모두 변했습니다.

아가트마저도요….

친구들은 자신에게 나타나는 몸의 변화가 재미있다고 생각하는 거 같았어요.

하지만 그 모든 게 저하고는 상관없는 이야기였죠.

전 열두 살 때부터 똑같은 스웨트 티셔츠를 거의 매일 입었습니다.

목욕도 거의 하지 않았어요.

2차 성징이 빨리 올까 봐 무서웠거든요.

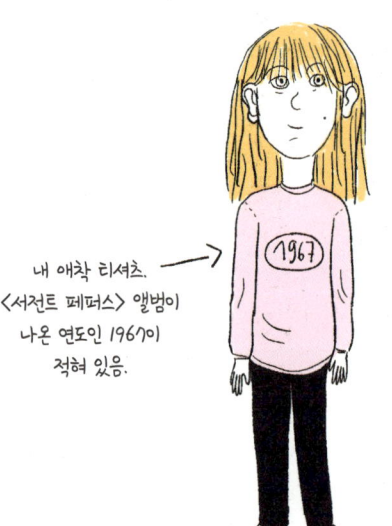

내 애착 티셔츠. 〈서전트 페퍼스〉 앨범이 나온 연도인 1967이 적혀 있음.

하지만 곧 맞닥뜨리게 되었죠.

… 제가 거부했던 현실과요.

그래서 저는 더 이상 샤워하지 않기로 결심했어요.

그래도 청바지는 매일 빨았어요. 밤새 마르라고 잘 널어놓았죠. 머리도 매일 감았어요.

 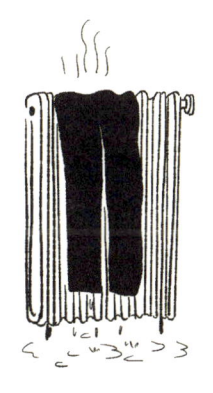 

그리고 1991년 12월 8일, 올 것이 오고야 말았습니다.

"오늘은 아주 중요한 날이야!"

내 '이매진 존 레논' 잠옷.

"언니, 오늘은 존의 기일이야!"
"11주년 기일이라고!"
"알고 있거든, 너 그 얘기로 괴롭힌 지 벌써 일주일째다!"

저는 한시도 쉬지 않고 존만을 생각했어요.

존과의 초감각적인 결합을 위해 그가 죽은 시간인 밤 11시를 계속 기다렸죠.

"엄마, 짐작이 가세요? 존은 그냥 조용히 집에 가고 있었을 뿐인데, 바로 집 앞에서 등 뒤에 총알을 다섯 발이나 쏘다니!"
"그래, 아주 끔찍하구나."

"폴하고 화해한 지 얼마 되지 않았단 말예요!"
"아들 줄리안이랑도요…."
"너어무 끔찍해요오오오! 도대체 왜!!!! 왜죠??!!!!"

조오오오오오오오온!

제 몸이 변하고 있다는 모든 증거를 없애야 했습니다.

마침내 피 묻은 팬티를 숨겨 둘 곳을 찾아냈죠.

몇 주 후, 제 가방은 팬티로 가득 찼어요.
그 안에 무엇이 들었는지 아는 사람은 저뿐이었고요.

네 차례야.

중학교 2학년 대부분의 시간을 저 혼자 보냈습니다. 여러 수업을 듣느라 바쁜 하루하루를 보내면서요.

무용을 계속 배웠습니다.

그 어느 때보다 열심히 미술 수업을 들었어요.

연극 수업도 들었습니다. 다들 멋져 보였어요.

57) 프랑스 극작가 몰리에르의 희곡.

매주 화요일에는 상담 선생님과
그림을 그리며 대화하는 시간을 계속 가졌습니다.

시간이 지날수록 무슨 말을 해야 할지 몰랐어요.
사실 이 은둔 생활이 꽤 맘에 들었으니까요.

제 삶을 왜 바꿔야 하는지 이해가 안 됐어요.

학교라는 존재, 학교생활을 다시 시작한다는 가능성
같은 건 머릿속에서 완전히 제쳐 두고 있었거든요.

봄에는 대학가 극장에서 연극 공연을 하기로 했습니다.

연극 수업에서 만난 멋진 애들과 관객들 앞에서, 무대 위에서 정말로 연기를 하게 된 거예요.
공연 전날에는 리허설이 있었어요.

우리는 배역에 맞는 복장과 헤어스타일을 갖추고 리허설을 했어요. 서로 웃고 떠들었어요.
다들 친해 보였습니다.

저는 제 대사를 완벽하게 소화했어요.

점심시간엔 다들 끼리끼리 모여 식사를 했습니다. 저는 어느 무리에도 낄 엄두가 나지 않아서
음료 자판기 앞에 혼자 얼어붙어 있었어요. 점심에는 콜라가 딱이라고 생각하면서요.

저는 저도 모르는 사이에 제 자신을 고립시키고 있었어요.

다른 사람들을 두려워하기 시작했을 정도로….

바뀌어야 했습니다.

58) 미국의 극작가 테너시 윌리엄스의 희곡.

전에는 경험해 보지 못했던 집중력으로,
그림 그리는 데 많은 시간을 보냈습니다.

그림을 점점 더 좋아하게 되었어요.

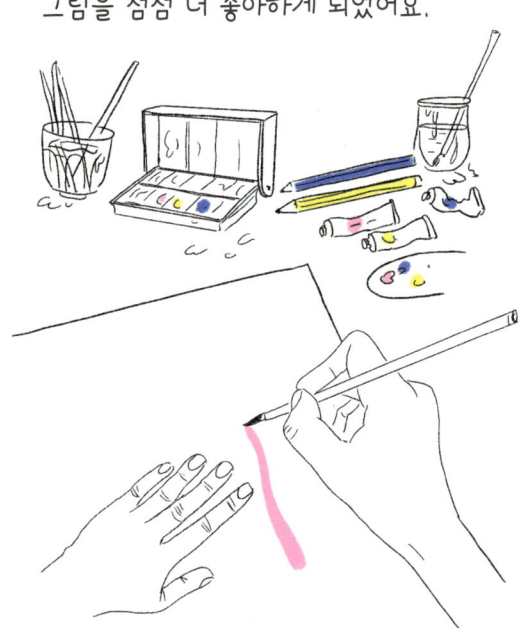

제 그림 속 평행 세계는 현실이 되어 갔습니다.

그 속에서는 제가 원하는 모든 것을 할 수 있었어요.
그 세계의 유일한 주인은 바로 저였고요.

학년 말이 다가오고 있었습니다. 학교로 돌아가는 것에 대해 생각해 봐야 했지만, 저는 모든 변화의 가능성을 모른 척하고 있었어요. 부모님과 함께 상담 선생님을 만났습니다.

여름 방학 내내 중학교 3학년이 된 제 모습을 상상했어요.

새 학교 앞마당에는 응용 미술을 전공하는 고등학생들이 있었습니다.

59) 아이슬란드의 가수이자 배우.

그리고 쥘리앵 브리강이 제 눈에 들어왔어요.

쥘리앵의 관심을 끌 만한 방법을 찾아야 했어요.

그러려면 비틀즈는 잠시 주머니 속에 넣어 두어야 했죠.

쥘리앵 브리강이 제가 자신과 같은 음악 취향을 가지고 있다고 생각하게 만들어야 했으니까요.

쥘리앵과 대화를 나눌 수 있길 바라며, 1993년에 맞는 유행을 따르며 한 해를 보냈습니다.

60) 미국의 록 밴드.

그리고 무엇보다 놀라운 건,

더 이상 미움받는 학생이 되는 걸 두려워하지 않게 되었다는 거예요.

최고가 되는 것도 원하지 않았어요.

왜 제가 여기에 있는지 알고 있었으니까요.

성장하고 싶었고, 나중에 내가 하고 싶은 일을 하길 원했죠.

그리고 어쨌든, 비틀즈가 제 주머니 속에서 저와 늘 함께할 거라는 것도 잘 알고 있었어요.

무슨 일이 있어도 말이죠.

그들에 대해 예전보다 덜 이야기하더라도,

비틀즈는 저를 떠나지 않았어요.

그리고 가끔은…                                           서둘렀습니다.

그들이 기다리고 있는 집으로 얼른 가기 위해서요!

이분들께 감사의 마음을 전합니다.

Merci Tom ♥ Merci mes parents, ma grande sœur Amélie et ma précieuse Agathe, merci magical Elo, merci Clara et Fanette mes pom-pom girls chéries, merci les copains du YemStudio pour vos conseils, vos blagues, vos Punchs Passion et vos playlists trop cool, merci les copains de l'atelier 78folies forever où tout a commencé, merci les vieux copains que je soûle encore avec les Beatles, et qui sont toujours là, merci les wonder pilate's girls périnée forever, les copains du 138faubourg forever, merci Valérie Cussaguet forever, merci cher cousin Gwen que j'ai toujours vu dessiner et faire des BD et ça me faisait trop rêver, merci TotoBaas pour ta formation accélérée en Procreate et pour ton crayon fait maison que j'ai utilisé pour faire cette BD, merci Marion Montaigne pour ton coaching couv-titre-Mokonut-Aligre représente, poke spécial Beatles à Anne Simon, merci les copains du café du matin au Charolais, merci Mme Lopez, merci La Bestiole, Olivier et Delphine pour votre folie rock et joyeuse, grand merci à Camille, Louise, Mathias et tout le bureau du livre de l'Institut français de Londres et le South Ken Kids Festival, grâce à qui j'ai pu partir faire une résidence à Liverpool et à Londres, toute seule avec mon hystérie, merci Gregory de Liverpool pour ta maison incroyable, merci Philippe, Élise et toute l'équipe du studio graphique Dargaud. Merci aussi Little Richard, Chuck Berry, Elvis, Bob Dylan, Joe Strummer, Thom Yorke, PJ Harvey, Kurt Cobain, John Cleese, Lewis Caroll, Edourad Lear, Daniel Pennac, Jean-Marc Barr, Vic Beretton, Richard Dean Anderson, Jésus et le père Noël… Merci Linda McCartney. Et merci, mille mercis Pauline, éditrice géniale, d'avoir cru à mon histoire dès le début, alors que je ne savais pas où j'allais ! Et enfin, merci John, Paul, George et Ringo, je ne vous abandonnerai jamais.

**추천의 말    당신의 주머니 속에는 누가 있나요?**

잠이 잘 오지 않던 십 대 시절, 새벽 내내 라디오를 들었다. 내 방은 유난히 빛이 잘 들지 않았는데, 라디오를 켜는 순간 주파수 조정 칸에서 흘러나오는 작은 불빛이 스포트라이트가 되어 바닥에서부터 천장까지 노란 길을 만들었다. 라디오 프로그램 〈유희열의 FM 음악도시〉와 이어지는 〈홍은철의 영화음악〉까지 듣고 나면 새벽 3시였지만, 나는 피곤함보다 마음 가득 충만함을 느꼈다. 라디오를 들으며 교과서를 들춰 보기보다는 만화책을 보거나 영화 잡지를 읽곤 했다. 이러한 경험은 생각보다 선명한 흔적을 내게 남겼고, 다른 친구들과 구별되는 '나만의 개성'을 만들어 주었다.

사십 대가 된 지금도 나는 오래전 음악들을 이따금 찾아 듣는다. 세상은 빠르게 변화하고 유행은 계속 바뀌고, 새로운 음악도 끊임없이 나오고 있다. 그럼에도 새벽녘 라디오에서 새어 나오던 어스름한 빛과 함께 기억되는 오래된 멜로디들은 일상을 멈추고 음악 속 세상에 나를 빠져들게 한다. 그런 음악들을 듣고 있을 때면, 현실을 살아가던 중년의 나는 순진하고 열정적인 사춘기 소녀로 돌아간다.

《어디에도 없는 소녀》는 프랑스 일러스트레이터 마갈리 르 위슈의 자전적인 이야기를 담은 그래픽 노블이다. 주인공 '마갈리'의 일상은 흑과 백, 연한 분홍색으로 표현된다. 하지만 비틀즈의 출현으로 담담하고 차분했던 마갈리의 일상은 단숨에 변화한다. 소녀의 마음속에 비틀즈가 오두막을 짓는 순간, 페이지 가득 총천연색의 숲이 펼쳐진다. 비틀즈에게 완전히 매료된 마갈리는 자신이 만나는 모든 사람들에게 그 마음을 조절하지 못하고 내어 보이기도 한다. 그렇게 비틀즈라는 존재는 미숙한 십 대 소녀의 마음속에 움트고, 소녀의 영혼에 깊은 흔적을 남긴다.

대한민국의 십 대들은 마음 놓고 음악을 듣거나 책을 읽기에 너무 바쁘다. 지금 가장 중요한 것은 학업이라고 부모님도 친구들도 한목소리로 이야기한다. 하지만 어쩌면 십 대 시절에 만나는 음악과 책, 잡지 속 사진 한 장, 영화 속 대사 한 줄, 친구와 속 깊은 대화를 나눴던 어떤 하루……. 그런 것들이 주는 의미를 우리도 모르는 새 편하하고 사는 건 아닐까?

예민하고 섬세한 십 대의 감수성은 그 시절에 가장 격렬하게 파도친다. 회오리 속으로 빨려 들어가듯 무언가를 깊이 사랑하고 집중하며 열렬한 사랑에 빠지게 되는 것이다. 그리고 한참의 시간이 흐른 후에야 깨닫게 된다. 그렇게 열정적으로 무언가를 사랑할 수 있는 시간이 우리의 인생에서 그렇게 길지 않음을, 그 시절의 나였기에 가능했던 뜨거운 사랑이었음을, 기억의 흔적이 때로는 우리의 무료한 일상을 지탱해 주는 힘이 되기도 한다는 것을 말이다.

마갈리의 주머니 속에 비틀즈가 있듯, 나의 주머니 속에도 아스토르 피아졸라, 장국영, 유희열, 수많은 만화책들이 들어 있다. 그들은 조용히 미소 지으며 나를 향해 속삭인다. 앞으로 무슨 일이 일어나도 너와 영원히 함께할 것이라고. 그러니 안심하고 조금 더 힘을 내 보라고 말이다.

어른이 되어서도 이따금 엉뚱한 상상에 빠지는 이 세상의 모든 행운아들, 크고 작은 '마갈리'들과 이 책을 함께 읽고 싶다. 그리고 오늘도 무언가에 몰두하며 깊은 사랑에 빠지는 그런 하루를 살고 싶다.

_이수연(그림책·그래픽노블 작가)

**마갈리 르 위슈**  프랑스 파리에서 태어났습니다. 프랑스의 저명한 예술 학교인 스트라스부르 아르데코에서 일러스트레이션을 공부했습니다. 2004년 학업을 마치고 다시 파리로 돌아온 후, 두 권의 그림책을 출간하면서 본격적인 작품 활동을 시작했습니다. 자신의 유년 시절을 담은 자전적 작품인 그래픽노블《어디에도 없는 소녀》로 2022년 볼로냐국제어린이도서전 라가치상 코믹스(만화) 부분 스페셜 멘션을 수상했습니다. 쓰고 그린 책으로《투덜투덜 마을에 로자 달이 떠어요!》,《둘이 더 좋아》등이 있고, 그린 책으로《익명의 엄마들》,《아빠랑 있으면 행복해》,《놀라운 우리 가족》,《절대로 안 씻는 코딱지 방귀 나라》,《위대한 경주》등이 있습니다.

**윤민정**  성균관대학교에서 교육학을 전공하고 법학 석사 학위를 받았습니다. 지금은 프랑스 파리 제2대학에서 교육법학을 연구하고 있습니다. 옮긴 책으로《베르메유의 숲》,《물 난리》,《숨바꼭질!》,《느릿느릿 느림보 신발과 친구들》,《완벽한 우리아빠의 절대! 안 완벽한 비밀 11》등이 있습니다.

클라라와 파네트에게. _마갈리 르 위슈

## 어디에도 없는 소녀

초판 1쇄 인쇄 2023년 9월 15일
초판 1쇄 발행 2023년 9월 30일

글·그림 마갈리 르 위슈  옮김 윤민정
발행인 양원석  발행처 (주)알에이치코리아(등록 2004년 1월 15일 제2-3726호)
본부장 김문정  편집 박진희, 김하나, 정수연, 고한빈  디자인 김태윤, 반짝공
해외저작권 임이안, 이시자키 요시코
영업마케팅 안병배, 이지연, 정다은, 김예인  제작 문태일, 안성현
주소 서울시 금천구 가산디지털2로 53, 20층(한라시그마밸리)
편집 문의 02-6443-8921  도서 문의 02-6443-8800  홈페이지 rhk.co.kr
블로그 blog.naver.com/randomhouse1  포스트 post.naver.com/junior_rhk
인스타그램 @junior_rhk  페이스북 facebook.com/rhk.co.kr

ISBN 978-89-255-7605-3 (77860)
ISBN 978-89-255-2291-3 (세트)

**Nowhere Girl by Magali Le Huche**
Copyright © 2021, DARGAUD
All rights reserved.
Korean translation copyright © 2023 by RH Korea Co., Ltd.
Korean translation rights arranged with MEDIATOON through EYA Co., Ltd.

이 책의 한국어판 저작권은 (주)이와이에이를 통해 저작권사와 독점 계약한 (주)알에이치코리아에 있습니다.
저작권법에 의해 한국 내에서 보호받는 저작물이므로 무단 전재와 복제를 금합니다.

※ 제조자명 (주)알에이치코리아 | 제조국명 대한민국 | 사용연령 8세 이상
※ 종이에 손이 베이거나 모서리에 다치지 않게 주의하세요.
※ 책을 던지거나 떨어뜨리지 않게 주의하세요.
※ 잘못 만들어진 책은 구입하신 곳에서 바꾸어 드립니다.

Cet ouvrage a bénéficié du soutien des Programmes d'aide à la publication de l'Institut français.
이 책은 프랑스문화원 선인세 지원 프로그램의 지원을 받았습니다.